**여기**
**오늘의 다정이 있어**

**여기**
**오늘의 다정이 있어**

1판 1쇄 인쇄  2023년 6월 9일
1판 1쇄 발행  2023년 6월 16일

지은이  지수
펴낸이  김성구

책임편집  이은주
콘텐츠본부  고혁 조은아 김초록 김지용
디자인  이영민
마케팅부  송영우 어찬 김하은
관리  김지원 안웅기

펴낸곳 (주)샘터사
등록  2001년 10월 15일 제1-2923호
주소  서울시 종로구 창경궁로35길 26 2층 (03076)
전화  02-763-8965(콘텐츠본부) 02-763-8966(마케팅부)
팩스  02-3672-1873 | 이메일  book@isamtoh.com | 홈페이지  www.isamtoh.com

ⓒ 지수, 2023, Printed in Korea.

이 책은 저작권법에 따라 보호를 받는 저작물이므로 무단 전재와 복제를 금지하며,
이 책의 내용 전부 또는 일부를 이용하려면 반드시 저작권자와 ㈜샘터사의 서면 동의를 받아야 합니다.

ISBN 978-89-464-2248-3 03810

• 값은 뒤표지에 있습니다.
• 잘못 만들어진 책은 구입처에서 교환해 드립니다.

**샘터 1% 나눔실천**
샘터는 모든 책 인세의 1%를 '샘물통장' 기금으로 조성하여 매년 소외된 이웃에게 기부하고 있습니다.
2022년까지 약 1억 원을 기부하였으며, 앞으로도 샘터는 책을 통해 1% 나눔실천을 계속할 것입니다.

# ☺ 여기
# 오늘의 다정이 있어

지수 글·그림

샘터

♡

고맙고 소중한 내 사람 _____ 에게

오늘의 다정을 건네.

## 늘 그 자리에 있는 장면들

그럴 때 나를 일으키는 건

...

...

특별한 이벤트가 주는

...

쾌감보다는

오히려 늘 그 자리에
단단하게 있는

일상적인 장면에 대한
감사였지요.

그런 순간을
이 책에 가득 담았어요.

따뜻한 눈으로 바라보면

더욱 선명하게 보이는

상~   쾌~

우리 모두의 낯익은 시간 말이죠!

다정하게 읽어주세요.

## 차례

프롤로그 \*     늘 그 자리에 있는 장면들      ● 7

1장

**나에게
다정을
건네자**

기지개 쭉 켜기      ● 19

당근과 채찍      ● 26

내가 된 물건      ● 31

일주일 마무리      ● 36

오래 기다리는 즐거움      ● 43

스스로 만든 요리      ● 52

플레이리스트      ● 57

메리 크리스마스      ● 64

오히려 좋아      ● 69

담담하고 평안하게      ● 74

이불 밖은 위험해      ● 83

# 2장

## 함께
## 다정한
## 시간

친구를 떠올리면 • 93

축복하는 마음 • 99

비교하는 마음 • 105

아주 중요한 사람 • 115

아빠가 해준 덕담 • 122

오래도록 변치 않는 • 128

정리가 필요해 • 135

말하지 않아도 아는 것 • 142

과거의 내가 남긴 선물 • 149

함께 만드는 시간 • 155

**3장**

**우리는
어디서든
반짝여**

시작이 반이니까 ● 165

가끔은 한가한 시간 ● 173

잘 보낸 하루 ● 181

꾸준함의 힘 ● 187

확신으로 오래오래 ● 193

힘들어도 확실한 상쾌함 ● 202

몸에서 마음으로 ● 208

가장 고유한 나의 것 ● 217

마음을 다스리는 일 ● 223

미래에서 보내는 편지 ● 229

누가 뭐래도 가장 행복하기 ● 235

# 나에게
# 다정을
# 건네자

## 기지개 쭉 켜기

아침 해가 떴어요.

힘을 내서 몸을 돌려요.

사실 조금 더
자고 싶지만...

다리를 쭉 뻗고,

...

기지개를 켜요.

지금부터 나는

읏차...!

개운하게 일어날 거야.

시작은 거창할 필요가 없어요.

쪼르르

# 하루를 즐겁게
# 시작하는 방법이 있나요?

"하나, 둘, 셋, 시~작!"

　　이렇게 외치면 당장이라도 전속력으로 뛰어나가야 할 것
같은 기분이 들어요. 하지만, 사실 시작은 그런 무서운 게 아
니에요. 모든 시작은 별것 없거든요. 멋진 글을 쓰는 것은 단
어 하나 쓰는 걸로 시작되고, 아름다운 춤도 작은 몸짓 하나
에서 비롯되죠. 제아무리 멋진 요리라도 그 시작은 고작 냉장
고 문을 여는 것이에요. 작고 사소하고 부담이 없어요. 시원한
물 한 잔으로, 활짝 켠 기지개 한 번으로도 충분히 멋진 하루
를 시작할 수 있어요. 세상에서 가장 빛나는 사람의 가장 완벽
한 하루도 똑같이 사소하게 시작되잖아요!

뜨거운 감정은 동력이 돼요.

분노도 질투도 열등감도 자괴감도

아주 센 동력이 되곤 해요.

채찍은 때때로 강력하죠.

부글

부글

화

자격지심

하지만 그런 감정이

두고 봐...

사람을 얼마나
위태롭게 하는지를 알아요.

더!

더!

아슬
아슬

조마
조마

제 안에는 분노도 열등감도
질투심도 너무너무 많지만

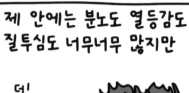

그 무엇보다도 사랑으로
숨 쉬고 움직이고 싶어요.

저의 연료 창고에는

잘하고
있어!

아주 맛있는 당근과 사랑이
가득했으면 좋겠어요.

단 한 걸음을 떼더라도
그것으로 움직이고 싶어요.

그런 삶을 선택할래요.

누군가를 움직이는 가장 강력한 건
결국 사랑이잖아요!

나를 위한
다정

오래 마음에 간직하고 있는
칭찬이 있나요?

근데 이렇게 손때 묻고
정든 물건은 너무 소중해.

선물 받은
클로버도
달았어!

새 일기장은
예쁘지만

빳-
빳!

2023
2022
2021

2019    2020

처음부터 끝까지 채운
일기장은 보물이 되는 것처럼.

언제          어디든 함께!

익-숙!

어떤 물건은 오래 지니다 보니
내 일부가 되곤 하더라고.

나를 위한
다정

# 오래 함께해서
# 소중해진 물건이 있나요?

36

제일 좋아하는 음료를 사고,

뻑!

오늘의 간식을
예쁜 그릇에
담아요.

가장 아늑한 공간을 만들고,

아껴둔 영상을 틀어요.

금요일 저녁은
나만의 안식 시간이거든요.

일주일 내내 기다렸어요.

한 주 바쁘고 험난해도

기다려지는 시간이 있다는 건 행복한 일이에요.

어김없이 이 시간이 찾아와.

그리고 나는 행복해!

# 나를 위한
# 다정

## 일주일 중 가장 기다리는
## 시간이 언제인가요?

누구에게나 '온전히 행복해지는 시간'이 있을 거예요. 하루 끝에 하는 반신욕 30분일 수도 있고, 제일 아끼는 TV 프로그램을 보는 시간일 수도 있어요. 이 시간만큼은 아무리 바빠도 꼭 사수해야 해요. 잊지 않기 위해 아예 하루, 일주일 단위의 루틴으로 만드는 것도 좋겠죠. 내가 나와 약속한 그 시간에는 다른 약속을 잡지 않아야 해요. 토끼의 금요일 저녁 6시처럼요.

바쁜 세상, 정신 차려보면 휩쓸려가고 있고, 허우적거리고 있잖아요. 좋아하는 걸 하며 보내는 '내 시간'이 오면 일단 멈춰야 해요. 잠깐 멈춰 서서 무작정 좋은 시간을 보내는 거예요. 사치처럼 느껴지더라도 일단 해보는 거예요. 그러면 금세 알게 될 거예요. 진짜 중요한 건 내가 나를 함부로 다루지 않고, 때때로 즐거운 시간을 보내도록 허용하는 거라는 걸요.

소중한 게 무엇인지 때로는 잊을 수도 있지만 '내 시간'이 돌아올 때마다 다시 기억해내면 돼요. 세상은 복잡해도 어떤 것은 변하지 않거든요. 조용히 마음을 정돈하고 나면, 잊었던 가치들이 선명해질 거예요.

오래 기다리는 즐거움

샐러드는 맛있었지만

그럭저럭 맛있네.

그러게. 할만하네.

와-앙!

더 맛있는 것들이

자꾸만 아른거렸어요.

참자...

사흘 남은,

...

이틀 남은,

두근 두근 두근 두근

두근

하루 남은 외식 날을
기다리면서요.

어쩌면 행복의 비결은

기다림에 있는지도 모르겠어요.

나를 위한
다정

# 마음을 편안하게 하는
# 소울푸드가 있나요?

편하게 입을 수 있는 바지가 옷장에 더는 남지 않았다는 걸
알게 된 날, 난생처음으로 다이어트를 결심했어요. 밥을 한두
숟갈 남기고, 자기 전에 몇 분 스트레칭을 하는 수준의 다이어
트로 해결될 문제가 아니었죠. 오랜 습관이던 단 음료를 모두
끊었고, 아침 메뉴를 빵에서 요거트로 바꿨어요. 매일 만 보를
걸었어요. 약속 없는 저녁은 반드시 샐러드를 먹었죠. 배가 고
파오는 밤이면 허기짐을 훈장으로 여기며 주린 배를 물로 달
랬어요.

반년 정도를 그렇게 보냈는데, 이 다이어트를 통해 바뀐
건 몸무게만이 아니었어요. 지금까지 알고 있던 '행복감'이 아
닌 새로운 세계의 행복을 경험하게 된 것이죠. 먹는 건 분명

행복이었거든요? 달콤한 음료수도, 입에 넣자마자 녹는 초콜릿도, 바삭바삭한 과자도 틀림없이 행복이었어요. 하지만 일주일 동안 식단을 조절하다가 먹는 푸짐한 고탄수화물 한 끼에 비한다면...? 비교가 안 되죠. 만족을 애써 지연한 뒤에는 체급이 다른 행복을 느낄 수 있다는 걸 알게 되고 만 거죠.

이 커다란 행복은 아쉽게도 매일 찾아오지는 않아요. 매일 누리려 해서도 안 되고, 매일 느낄 수도 없어요. 당장의 만족을 지연한 사람에게만 찾아오는 선물이기 때문이에요. 내내 풀만 먹다가 먹는 탄수화물은 세상에서 제일 맛있고, 바쁘게 보내다 맞이하는 짧막한 여유는 그 어떤 순간보다 달콤해요. 참고 참다가, 고민하고 고민하다가 한 소비는 너무나 행복하고 소중해요. 똑같은 떡볶이라도, 똑같은 예쁜 신발이라도 간절함이 극에 달하는 순간 느끼는 가치는 완전히 달라요.

골목마다 편의점이 있고, 터치 몇 번이면 먹고 싶은 모든 것이 배달되는 이 세상에서 만족을 지연하기란 결코 쉬운 일이 아니에요. 여전히 아이스크림은 달고, 늦잠은 복 받은 인생의 전유물이에요. 그래도 비우고 절약하고, 당장의 만족을 조금씩 지연하며 살고 싶어요. 비우고 절약하는 태도로 삶을 대할 때 역설적이지만 가장 귀한 걸로 삶을 채울 수 있기 때문이에요. 먹을 수 있는데 먹지 않고, 살 수 있는데 사지 않고, 언제든 누울 수 있는데 누워버리지 않는 삶. 어쩐지 꼿꼿하고 멋지지 않은가요?

## 스스로 만든 요리

식사 메뉴를 정하는 토끼 님만의 방법이 있다고요?

네!

여러 가지 음식을 먹는 제 모습을 상상해보는 거예요.

참 쉽죠?

면을 먹는 나?

밥을 먹는 나?

국물을 먹는 나?

그리고 제일 군침 도는 메뉴를 선택하면 된답니다!

오늘은 국물이 칼칼한 칼국수... 흠... 장칼국수가 좋겠어.

어엇?

어디 가세요!

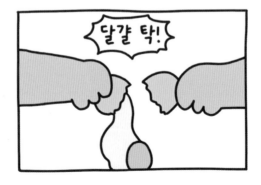

나를 위한
다정

# 자신 있게 만들 수 있는
# 음식이 있나요?

플레이리스트

모두 잠든 사이,

드르렁

드르렁
푹~

MP3를 켜고 숨죽여
음악을 들었어요.

▶물고기자리

친구들과 밤새
문자를 주고받으면서요.

토독토독

나를 위한
다정

듣기만 해도 그때 그 시절로
돌아가게 하는 노래가 있나요?

어떤 것의 진정한 가치는 시간이 충분히 지나고 나서야 비로소 알게 돼요. 못 나온 사진 같은 것도 그래요. 찍을 당시에는 당장 지워서 없애버리고 싶잖아요. 그런데 5년, 10년 뒤에 보면 달리 보여요. 남은 기록 하나하나가 전부 귀해요. 몇 년 전 모습일 뿐인데 어리고 풋풋한 에너지가 어찌나 가득한지, 어른들이 "뭐 안 발라도 예뻐."라고 하던 게 무슨 뜻인지 알 것만 같아요. 그때는 정말 몰랐어요. 어리고 예뻤던 만큼 그 예쁨을 즐기지는 못한 것 같지만, 아무리 아쉬워도 다시 돌아갈 수는 없어요.

5년 뒤의 나는 또 지금의 내 모습을 그렇게 떠올릴 거예요. 그땐 참 힘이 넘치고 반짝였다고, 꿈도 많고 하루하루가

신났다고 회상하겠죠. 지금 내가 당연하게 누리는 일상이, 내가 느끼는 감정이 얼마나 소중한지는 이 모든 조각 하나하나가 더는 당연하지 않을 때가 되어서야 알게 될 거예요. 먼 훗날 오늘을 분명 그리워하겠죠. 하지만 사람은 같은 실수를 반복해요. 시간이 지나지 않고는 어떤 것의 가치를 진정으로 알지 못해요. 오늘 내가 얼마나 예쁜지는 몇 년 뒤 주름 몇 개가 더 생긴 뒤에야 알게 되겠죠.

어떻게 하면 이 소중한 날을 충분히 누릴까 고민해요. 그리고 적어도 낭비는 하지 않겠다고 다짐해요. 지나가 버린 시간에 대해 미련을 가지느라, 미래에 대한 막연한 불안감에 사로잡혀 있느라 오늘을 낭비하지 않겠다고요. 별수 있나요? 지금 이 순간 내가 좋아하는 것을 더 좋아하고, 나에게 소중한 것을 더 소중하게 대하는 수밖에는 없지요.

## 메리 크리스마스

드디어 가장 아름다운 시간이 왔어요.

특별한 날을 그냥 맞을 수 있나요?

특별한 목록

그에 걸맞은
특별함이 필수예요.

제일 좋은 플레이리스트
만들기

올해의 트리 꾸미기

나를 위한
다정

# 지금, 기다리고 있는 날이 있나요?

## 오히려 좋아

여행 첫날, 길을 잃었어요.

... ...?

분명히 이 길이
맞는 것 같은데...

...

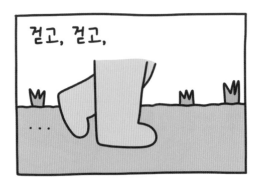

나를 위한
다정

힘들었지만 지나고 보니
오히려 좋은 방향이 있었나요?

담담한 마음 위에는

다시 한번 도전할
힘이 돌아나요.

# 나를 위한 다정

## 슬럼프를 이겨낸 경험이 있나요?

지금껏 살면서 알아낸 성공의 비결이 있다면 '빈도를 늘리는 것'밖에는 없어요. 무엇이든 꾸준히 해야 해요. 많이 해야 하고요. 오래 버티고 있어야 해요. 물론 그런다고 다 성공하는 건 아니겠죠. 성공하려면 운도 좋아야 하고, 시대적인 흐름과도 궁합이 잘 맞아야 될 테니까요. 가끔 그런 상상을 해요. 모두에게 사랑받는 유명인이 어느 날 갑자기 제 책을 팬들에게 추천해주고, 그다음 날 베스트셀러 가장 윗자리에 책이 놓이게 되는... 그런 터무니없고 행복한 상상이요.

너무나 달콤한 행운이지만, 그건 우리 힘으로 할 수 있는 일이 아니잖아요. 우리가 성공을 위해 할 수 있는 딱 한 가지 확실한 게 있다면 엉덩이 붙이고 앉아서 오래 버티면서 꾸준히, 결과를 많이 만드는 거예요. 성공이든 실패든 일단 결과물을 계속해서 만들어내는 거죠. 빈도를 늘리면 크고 작은 성공의 숫자도 늘어날 거예요. 단순히 산수로 따져봐도 그렇죠.

하다 보면 때로는 기대 이상의 성공을 거두는 날이 반드시 올 거예요. 틀림없어요. 하지만 그런 날을 맞이하려면 대부분의 '그저 그런 날들'과 종종 찾아오는 '형편없는 날들'을 견뎌야 해요. 이 역시 반드시 있을 수밖에 없거든요. 그래서 '일희일비하지 말라,' '과정을 즐겨라.'라는 말이 있는 건지도 몰라요. 결과에 너무 연연했다간 성공에 너무 들떠서, 혹은 실패에 너무 실망해서 오래 버텨내기 힘들 수도 있으니까요. 묵묵히 빈도를 늘리려면 결과야 어찌 됐든 일단 계속한다는 마음이 필요하겠지요.

어떤 일에 노력을 쏟으면서 결과에 초연한 게 어디 쉬운 일이겠어요? 머릿속으로는 되뇌면서도 마음은 그렇게 먹어지

지 않을 때가 많죠. 그래도 어쩔 수 없어요. 빈도를 늘리는 데
집중하는 수밖에는, 다른 방도가 없어요. 집중해서 오늘의 결
과물을 만들다 보면, 어제의 축배도 절망도 어느새 잊히겠죠?

이불 밖은 위험해

불안은 어느 순간 갑자기 찾아와서,

눈치 없는 손님처럼
오래오래 머물러요.

안 좋은 생각을 쫓아내는
나만의 리스트가 있어요.

미리 구비해두면 유용해요.

그리고...

나를 위한
다정

# 알 수 없는 불안에 힘든 날,
# 잡념을 없애는 방법이 있나요?

2장

# 함께

# 다정한

# 시간

친구를 떠올리면

나를 위한
다정

이유 없이 좋은 친구가 있나요?
친구에게 하고 싶은 말을 써보세요.

## 축복하는 마음

잘 지내나...?

너의 모든 생활을 알 수는 없지만

오늘 아침 개운하게 눈떴기를,

건강하게 잘 챙겨 먹었기를,

종일 좋은 기운이 가득했기를 바라.

나를 위한
다정

기쁜 일을 제일 먼저
나누고 싶은 사람은 누구인가요?

친하다고 생각하는 사람을 만나기로 한 날, 아침부터 묘하게 마음이 불편한 경험... 저만 그런 거 아니죠? 어떤 모임은 분명히 즐기고 있다고 생각했는데, 가기 일주일 전부터 긴장이 돼요. 약속 장소에 가까워질수록 심장이 두근거리기도 하고, 나도 모르게 방패를 한껏 올리기도 해요. 세상에 감정만큼 정직한 게 없더라고요.

감정이 먼저 일어서 인간관계의 진짜 모습을 알게 되기도 해요. 한번은 '좋은 친구' 정도로 생각한 사람의 결혼식에 갔어요. 친구가 등장하는 순간 너무 놀라고 말았죠. 축복하는 마음, 애틋한 마음, 대견하고 존경스러운 마음이 한데 섞여 너무도 충만해졌거든요. 그 사람이 저에게 그만큼 소중한 존재였음을 깨닫게 되는 순간이었어요.

그날의 가득했던 마음은 오래 남아 제 일상을 밝혀주었어요. 그토록 순도 높은 좋은 마음이 들게끔 하는 사람이 있음에 감사했죠. 그리고 그런 사람을 더 자주 떠올리고, 만나고, 관계를 맺겠다고 다짐했어요. 오롯이 좋은 마음을 일게 하는 누군가가 있다는 건 드문 축복이잖아요.

누군가가 나에게 어떤 존재인지 알고 싶나요? 그 사람을 떠올리세요. 그리고 지금 드는 감정을 그저 바라보세요. 부디 지금 피어난 감정이 아름다운 모습이기를, 그런 존재를 곁에 많이 두었기를 바라요.

# 비교하는 마음

그 사람은 정말 대단하다고요.

그림이 거침없는데 단정하고...

그 사람은 토끼 님이 그리는 그림을 그릴 수 있을까요?

아, 당연하죠! 쉽게 그릴걸요? 워낙 그림을 잘 그린다고요!

당신만의 것을 소중히 여기고
계속하는 것.

누가 따라 할 수 없는 건
바로 그런 거예요.

시간이 지날수록

당신이 만들어낸 고유한 흔적은

점점 길고 짙어질 거예요.

나를 위한
다정

# 세상에 어떤 흔적을 남기고 싶나요?

아주 중요한 사람

가끔 생각나면

...

아무 때나 연락할 수 있는
친구가 있어요.

우리는 자연스럽게 약속을 잡고,

우리 봐야지!

그렇지! 언제 볼래?

다음 주?

이내 곧 만나요.

예쁜 곳에서 시간을 보내면서

늘 그렇듯

서로의 이야기를 나누어요.

시간은 번번이 모자라요.

밤인데...?

그러게...

좋은 사람과 함께일 땐
시간이 빨리 가거든요.

우리는 늘 하는 인사를 건네요.

잘 살다 또 만나!

이 당연한 풍경이

오늘도 역시
정말 재미있었어!

사실은 하나도
당연하지 않다는 걸 알아요.

내 인생의 VIP가 있다면,
어떤 특권을 주고 싶나요?

아빠가 해준 덕담

# 스스로를 힘들게 하는
# 습관이 있나요?

오래도록 변치 않는

우리는 점점 나이가 들었고

삶은 계속해서 변했지만

어떤 것은 변하지 않고
그 자리에 있었어요.

모든 게 예전 같지 않다고 느낄
어느 미래에도

그대로인 게 하나쯤은 있을 거예요.

나를 위한
다정

# 10년 뒤에도 변함없이 힘이 될 것 같은
# 든든한 사람이 있나요?

삶은 미션투성이예요. 인생의 큰 숙제 하나를 잘 해결하고 숨을 고르기가 무섭게 다음 숙제가 주어지죠. 영영 끝나지 않아요. 시기마다 다른 이유지만, 똑같이 쫓기고 무섭고 불안해요. 그럴 수밖에 없을지도 몰라요. 누구나 오늘은 처음 살아보는 거잖아요.

나이가 들어가면서 고민도 화두도 관심사도 계속 변해요. 그래도 잘 뜯어보면 쉽게 변하지 않는 것도 있어요. 오랜 친구가 그래요. 격변의 사춘기를 함께 보낸 바로 그 친구와 지금은 재테크 얘기를 나눠요. 대화 주제는 많이 달라졌지만, 그때도 지금도 늘 같은 구도로 마주 앉아서 얘기를 나누죠. 언제나 그렇듯 털어놓고 나면 후련해요. 자잘한 걱정도 큰 근심도 별일 아닌 것처럼 느껴져요. 어떤 일이라도 끝내 이겨낼 수 있을 것만 같아요. 어차피 결국에는 또 이렇게 똑같이 마주 앉아서 웃어넘길 날이 틀림없이 올 테니까요.

언젠가 또 다른 인생 숙제에 직면하더라도, 얼굴이 자글자글한 할머니가 되더라도 이렇게 서로 마주 앉을 수 있는 오랜 친구가 있다면 모든 게 괜찮을 것 같아요. 10대, 20대를 함께 보내고 어느덧 30대를 함께 맞이한 이 친구와 함께 나이 들고 싶어요.

나를 위한
다정

지금 비우고 싶은 마음의 짐이 있나요?
있다면 이곳에 털어놓아보세요!
마음이 조금은 가벼워질 거예요.

짐

"당신이 가장 오랜 시간을 보내는 사람 5명의 평균이 바로 당신이다."라는 말을 들어본 적이 있나요? 어디선가 이 말을 우연히 들었는데, 가볍게 넘길 수가 없었어요. 어떤 사람과 만나고 관계를 맺으며 살아갈지 알아서 선택하되, 그 선택은 곧 나의 인생을 비추는 거울이 될 테니 선택에 책임을 지라는 뜻으로 느껴졌거든요.

달력을 펼쳐서 최근에 만난 사람들을 주르륵 살펴봤어요. '내 5명'에 꼭 들어가면 좋겠다 싶은 이름이 누구인지 선명하게 보였어요. 만나면 동기부여가 되는 사람, 존경하고 닮고 싶은 사람, 비슷한 가치관과 비전을 가진 사람. 그런 사람들이 이미 주변에 있다는 건 귀한 일이잖아요. 그들에게 충분히 정

성을 기울이고, 함께 시간을 보내겠다고 다짐했죠. 그리고 혹시나 그리 내키지 않는 만남에 시간과 감정을 소모하고 있지는 않은지도 점검했어요. 누구에게나 시간은 제한되어 있으니까요. 내게 주어진 소중한 시간을 누구를 만나는 데 쓸지는 내가 어떤 인생을 살고 싶은지를 보여주는 건지도 몰라요.

## 말하지 않아도 아는 것

말하지 않아도
느껴지는 마음이 있나요?

고양이 나몽이와 함께 산 지 어느새 10년이 되었어요. 10년 전 첫날 밤은 설렘 반 두려움 반이었어요. 불 끄고 자는 사이에 갑자기 얘가 공격하는 건 아닐까 겁을 먹었거든요. 함께 지내 면서, 아주 순한 고양이라는 걸 알게 됐죠. 가끔 새벽에 흥이 오르면 별안간 온 집 안을 뛰어다니다가 누워 있는 집사를 의 도치 않게(?) 밟을 때도 있지만요.

10년을 살면서 서로를 더 많이 이해하게 되었어요. 나몽 이는 쓰다듬는 건 좋아하지만 안는 건 그다지 좋아하지 않아 요. 억지로 안으면 반드시 뿌리치고 도망가요. 아침에 내는 야 옹 소리는 보통 밥그릇을 채우라는 의미예요. 나몽이는 특정 서랍에서 귀 청소 키트가 나온다는 걸 잘 알고 있어서, 서랍을

열면 슬금슬금 눈치를 보며 숨어요. 나몽이는 집사의 손길을 거부할 때도 있지만, 결코 자기를 해치지 않는다는 믿음은 있는 것 같아요.

물론 여전히 모르는 게 많아요. 나몽이는 말이 많은 편인데, 도통 무슨 말을 하고 싶은 건지 알 수 없을 때가 많죠. 나몽이는 집사의 마음을 아는지 모르는지, 집사가 엉엉 울고 있어도 본체만체해요. 오고 싶을 때만 오는 편이에요.

그래도 나몽이를 통해 알았어요. 곁에 있다는 것만으로도 위로가 되고 힘이 되는 존재가 있다는 걸 말이죠. 말하지 않아도, 서로의 온기를 나누지 않아도 그저 그 자리에 있다는 것만으로 위안을 얻어요. 세상에는 그런 존재도 있더라고요.

과거의 내가 남긴 선물

졸업 후 10년 넘게
안 만나게 되리라는 것도,

서로를 가끔 떠올리며

우리 졸업식 ♡

다들 잘 지내겠지?

그리워하리란 것도,

그러다 연이 닿은 어느 날

한번 만날래, 우리?

좋지!

지금 너무 감격스러워...

학교 앞에서 보자!

떡볶이집 아직 있나?

오...

얘들아!!!

그때와 다를 것 없는 모습으로
서로를 만나

서로의 새로운 이야기에

가장 오랜 친구의 모습으로

공감하게 되리라는 것도
말이에요.

좋은 친구를 만들어둔 것만으로

십수 년 전의 내가

지금의 나에게

차곡 차곡

잘 살았다!

가장 귀한 선물을 한 거야.

나를 위한
다정

# '그때 그러길 정말 잘했다!'
# 싶은 일이 있나요?

# 함께 만드는 시간

처음 만난 날 갔던 카페에
함께 가서

우와!

slow

아직 있다!

그때 그 자리에 앉았어요.

우리는
그새

10년
나이를
먹었네?

여전히 이렇게 함께야.

잊고 지내던 것들이
생각났어요.

반짝이던 10년 전 우리의 모습,

그리고 함께 걸어온 순간들이

10년 전에 이 자리에서 서로 꿈에 대해 얘기했는데

우리 그거 다 이뤘다, 그치...!

하나하나 스쳐 갔어요.

나를 위한
다정

제일 오래된 친구는 누구인가요?
그 친구를 생각하면 어떤 감정이 드나요?

3장

우리는

어디서든

반짝여

시작이 반이니까

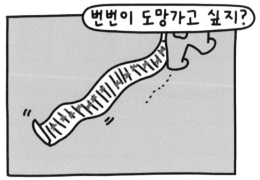

나를 위한
다정

무언가를 시작한 날을
떠올려보세요.

그림으로 먹고산 지 수년이 지나도록 전공자가 아니라는 일종의 열등감을 가지고 있었어요. 미술 전공자들 눈에 내 그림이 어떻게 보일지 노심초사했어요. 지금껏 그림 강의 요청은 한 번도 응해본 적이 없어요. 누구를 가르칠 자격이 되지 않는다고 생각했거든요.

한때는 이 자격지심을 해소하기 위해 그림을 공부하러 다시 대학에 가는 길을 알아보기도 했어요. 하지만 이내 마음을 접었어요. 오히려 객관적인 부족함 덕분에 그림을 시작할 수 있었고, 그간 지치지 않고 그릴 수 있었던 걸 수도 있겠다는 생각이 들었거든요. 그릴 수 있는 게 많이 없었기 때문에 그때그때 고민하지 않고 그릴 수 있는 걸 그렸고, 무엇이 잘 그린 그

림인지 잘 모르기 때문에 자신감을 가지고 그림을 공개할 수 있었어요. 아는 게 많고 보는 눈이 높았다면 아마 시작도 전에 힘이 잔뜩 들어갔을 거예요.

이런 편한 마음을 가질 수 있다는 건 실행력에 있어서는 틀림없이 강점이에요. 가벼운 몸과 마음으로는 손발을 더 빨리, 더 많이 움직일 수 있어요. 그렇게 하다 보면 언젠가는 더 잘하게 되는 날이 오겠죠. 아직 부족하고 약간의 열등감도 여전하지만, 그보다는 가벼운 마음에 힘을 실어주고 싶어요.

모든 일에는 딱 맞는 순간이 있어요.

저는 그 순간을 기다리고 있지요.

지금은 조금
게으른 것처럼 보여도...

딱 그 순간이 오면

저는 벌떡 일어나서

할 일을 척척
해낼 거란 말이죠?

집중도 잘하고...

일주일 내내 붙잡고 있던 일도

한 시간 만에
뚝딱해버릴 거예요.

아, 저는 정말
빠릿빠릿할 거예요.

비록 지금은 누워 있지만

할 땐 할 거니까

나를 위한
다정

# 뭘 하면 재충전이 되나요?

끝

모든 건 마음먹기 나름이어서, 같은 행동을 하고도 전혀 다른 결과가 나오기도 해요. 쉬는 시간을 대하는 태도도 그렇죠. '일해야 하는데 쉬고 있다'고 생각하면 몸은 쉬고 있어도 마음은 찝찝하고 불편해요. 그렇게 어정쩡하게 있으면 아무리 오래 쉬어도 심신이 풀리기는커녕 오히려 괴롭기만 하죠. 반면에 '지금은 쉬어 마땅해!'라고 생각하면 잠깐 쉬어도 즐겁고 마음이 가벼워요.

누구에게나 쉼은 필요하거든요. 아무리 바빠도, 아무리 중요한 일을 앞두고 있어도 반드시 쉬어야 하는 순간이 와요. 제아무리 세계 신기록을 보유한 달리기 선수라도 무한정 전속력으로 달릴 수는 없는 노릇이잖아요.

그래서 쉬는 시간에는 스스로를 다그치지 않고, 자책하지 않고 쉬려고 노력해요. 내가 내 눈치를 보는 건 너무 힘들고 슬픈 일이에요. 때때로 나에게 완전한 자유를 선물하세요. 쉴 때는 쉬어야 해요. 뭐든 푹 쉬면서 하면 더 오래, 더 멀리 갈 수 있어요.

잘 보낸 하루

# 나만의 '잘 보낸 하루'는 어떤 모습인가요?
# 하루 일과를 적어보세요!

꾸준함의 힘

세상에는

혼자의 힘으로 어떻게
할 수 없는 일들이 많아요.

우리는 운명 앞에 나약하고

믿음도 기대도 때때로

속수무책으로 무너져요.

그동안 공들여 노력한 것도

한순간에 사라질 수 있지요.

하지만 나는 또다시

더 멋지게 해낼 수 있어요.

그간 쌓인 근육은, 힘은, 내공은

무너지지 않으니까요.

스스로를 믿어요.

# 지금 뭘 제일 열심히 하고 있나요?

확신으로 오래오래

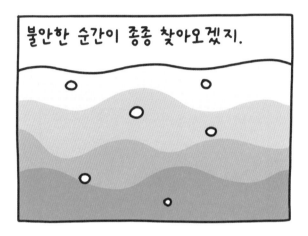

불안한 순간이 종종 찾아오겠지.

사소한 일로도 스트레스받고

끙...

...

한번 진 짐을

은은하게

쌓여 간다
...

잘 내려놓지 못하는

너에겐 더욱 그럴 거야.

하지만 결국 중요한 건

꾸준함이고 지속하는 힘이야.

우리는 계속

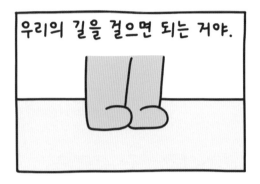

우리의 길을 걸으면 되는 거야.

의심하지 마.
계속하면 된다.

주변의 소음에도
너무
귀 기울이지
마.

나를 위한
다정

# 오래오래 하고 싶은 일이 있나요?

"이 세상 모든 직업의 연봉이 똑같다면 너는 무슨 일 할 거야?"

친구가 건넨 질문에 잠시의 망설임도 없이 대답할 수 있었어요. 간단하고 쉬운 질문이었거든요.

"나는 지금 하는 거 계속할래. 그림 그리고, 글 쓰고 할 거야. 오히려 연봉이 더 적다고 해도 달라지지 않을 것 같아."

대답이 너무 쉽게 나와서 깜짝 놀랐어요. 그림 그리고 글쓰는 일을 한 지 7년이 지나가면서부터는 생각이 많아졌거든요. 이 일을 현실적으로 언제까지 할 수 있을지도 불확실하지만, 언제까지 하고 싶은지도 잘 모르겠다고 생각했어요. 꿈이라 여기던 것을 이룬 뒤에는 빛나고 부풀던 마음이 꿈꿀 때와 같을 수 없고, 두 번째 성취는 첫 번째 성취만큼 떨릴 수 없잖아요. 가끔 찾아오는 권태로운 순간, 속상하고 불안한 시간을 지나다 보면 좋아하는 마음에도 그림자가 드리워요.

사실 처음에는 분명히 알고 있었어요. 그림 그리는 것도 글을 쓰는 것도 마냥 즐거웠고, 틀림없이 좋아서 하는 일이었어요. 평생 하고 싶었어요. 평생 글 쓰고 그리는 사람으로 살고 싶으니, 부디 이 일이 최소한의 돈벌이가 되었으면 좋겠다고 소원했죠.

그리고 그건 7년이 지난 지금도 달라지지 않았더라고요. 힘이 들어 잠깐 쉴 수도 있고 슬럼프에 빠져 허우적거릴 수도 있지만, 미래의 어느 순간을 짚어보아도 저는 틀림없이 뭔가를 그리거나 쓰거나 하고 있을 거예요. 그렇지 않은 모습은 상상조차 어려워요.

　　친구의 질문에 답하며 새삼스레 깨달았어요. 한순간은 어둠처럼 느껴지고, 또 한순간은 빛이 바랜 것 같지만, 언제고 다시금 돌아가게 될 진심은 하나라는 걸 알게 됐죠. 좋아하는 마음은 변하지 않고, 소중한 건 여전히 소중해요.

일은 재미있어도 일이고

운동은 숨을 벅차게 하지만

하고 나면 분명히

행복해질 걸 알아요.

나를 위한
다정

# 확실하게 기쁨을 주는 것이 있나요?

몸을 써본 적이 거의 없어서,

첫날은 걱정도 많고 무서웠어요.

제가
혹시
쓰러지면...

119에 전화해주세요...

네...?

이제는 안 무서워요.

이만큼 아파도 안 죽고,

이만큼
힘든 건

괜찮다는 걸 알거든요.

나를 위한
다정

# 마지막으로 땀 흘리며 운동한 게 언제인가요?

수년이 지났지만 여전히 자부심의 순간으로 고이 간직하고 있는 장면이 있어요. 바로 20km 하프 마라톤을 완주한 사건이지요. 자의로 참여한 마라톤은 아니었어요. 자라면서 체력에는 늘 자신이 없었을 뿐만 아니라, 오래달리기는 학창 시절 이후로 해본 적이 없었거든요. 인생에 전혀 없을 단어가 있다면 '마라톤'일 줄로만 알았어요. 무슨 운명의 장난인지, 당시에 잠깐 다니던 회사 사장님은 마라톤에 진심인 분이었어요. 2주에 한 번씩 조를 만들어 달리기 연습을 시켰고, 해마다 임직원들을 대상으로 하프 마라톤을 열었어요.

사회생활은 역시 호락호락하지 않다고 생각하며 꾸역꾸역 달리기 연습에 나갔어요. 연습 코스는 대개 10km였어요.

10km는 무슨, 달리기 시작하자마자 30초 만에 '아! 이건 절대 못 하겠다! 더는 안 돼!' 싶더라고요. 뛰어본 적이 없으니 그럴 수밖에 없었죠. 우선 발맞추어 뛰다가 틈을 봐서 입사 동기와 도망간 적도 있었어요. 운동에 있어서는 몸을 많이 사리고 뺀질거리는 편이었죠.

하지만 야속하게도 그날이 오고 말았어요. 하프 마라톤 당일이었죠. 20km 완주를 해야 받을 수 있는 인증 마크 같은 게 있었는데, 저는 도무지 사장님의 기대를 저버릴 수가 없었어요. 그날만큼은 중도에 발을 빼는 건 아예 선택지에 없었어요. 무조건 완주한다고 다짐하고 달리기 시작했어요. 그랬더니 어쩐지 힘이 덜 들더라고요. 아니, 사실 힘은 똑같이 들고 숨은 똑같이 차올랐겠죠. 하지만 당연히 죽도록 힘들 거라고 각오해서인지 도망치지 않고 이겨낼 수 있겠더라고요.

멈추지 않고 계속 다리를 움직였어요. 마지막쯤 가서는

걷는 것보다도 느리게 뛴 것 같지만, 그래도 끝까지 걷지 않고 뛰었어요. 그 후 몇 주 못 가 퇴사 의사를 전하며 크게 실망을 안겨드렸지만, 그날만큼은 사장님의 기대를 충족할 수 있었어요. 그날은 제가 저 스스로에 대해 가지는 기대치가 높아진 날이기도 해요. 인생에 절대 할 수 없을 거라 믿었던 것을 해내는 경험을 했으니까요.

안 한다, 못 한다는 선택지를 지워버리면 이 세상에 내가 해낼 수 있는 게 엄청나게 많이 늘어나요. 요즘도 일이 바쁘고 힘들 때, 도무지 이겨낼 수 없을 것만 같을 때면 하프 마라톤을 뛰던 그 마음을 떠올려요. 바로 다음 발을 내딛는 것에 집중하느라 스스로에 대한 의심도 부정적인 언어도 들어설 자리가 없었던 그때요. 해내고 말 거라는 굳은 다짐과 확신이 나를 힘들어도 움직이게 할 거예요. 이만큼 숨차고 힘든 건 결국 지나갈 거고, 나는 이 정도 고통을 이겨낼 수 있을 만큼 강해요. 그때도 지금도 앞으로도 뭐든지 이겨낼 수 있어요.

## 가장 고유한 나의 것

사실 잘하고 싶었거든요.

이왕이면 남들보다 더요.

그런데...

여러분의 움직임에는

각자만의 고유한
느낌이 있어요.

나의 존재는 그 자체로

인정받을 수 있나 봐요.

노력하지 않아도

내 지문은
이 세상에 하나인 것처럼요.

세상에 나의 지문을

더 많이 남기고 싶어졌어요!

'나만 가진 내 것'이 있나요?
떠올려보세요.
분명히 있을 거예요!

## 마음을 다스리는 일

내가 가장 따뜻한
내 편이 되어,

지금 당장 괜찮을
필요는 없지만

조급할 것 없지.

미래엔 분명
괜찮을 거라 믿어요.

하지만 틀림없이
지나간다!

좋은 날만 있을 수는 없는 것처럼

안 좋은 날만
있을 수도 없거든요?

이건 액땜이에요.

괜히 안 풀리는 날,
어떻게 마음을 다스리나요?

길게 보면 어떤 마음의 짐도, 부담도, 고통도 영원하지 않아요. 나에게 잠시 머물다가 결국에는 지나가죠. 물론 기쁨도, 즐거움도, 설렘도 마찬가지예요. 오래 남는 건 행복한 기억이에요.

오늘은 오래오래 곱씹을 수 있는 좋은 날인가요? 꼭 그렇게 만들기로 해요, 우리.

그런데 지난 일기장을 보니까

앞으로 잘 살 수 있을까?
불안하다...

1년 전에도 똑같이
불안했더라고요.

나를 위한
다정

# 1년 전의 나에게
# 하고 싶은 말이 있나요?

조금 더 확신을 가지고

용감하게 저의 길을 걸을래요.

스스로를 다그치거나
무리하기보다는

믿고 다독이면서

나를 위한 선택을
내리고 싶어요.

그러면서
제 모든 평안과 성취가

수많은 축복 위에 있다는 걸

잊지 않아야겠죠.

나를 위한
다정

감사한 일을 떠올려보세요.